TEAGENE
et
CARICLE'E

TÉAGENE
ET
CARICLÉE,

TRAGEDIE.
EN
MUSIQUE.

Representée par l'Academie Royale de Musique.

Suivant la Copie imprimée A PARIS.

A AMSTERDAM.

Chez ANTOINE SCHELTE, Marchand
Libraire, prés de la Bourse.

CIↃ IↃC XCV.

ACTEURS
DU
PROLOGUE.

JUPITER.

APOLLON.

PAN

Chœur de Divinitez qui accompagnent Jupiter

Troupe de Bergers & de Bergeres, & les Muses à la suite d'Apollon.

Troupe de Faunes & de Satyres à la suite de Pan.

ACTEURS DU PROLOGUE.

JUPITER.

APOLLON.

PAN

Chœur de Divinitez qui accompagnent Jupiter

Troupe de Bergers & de Bergeres, & les Muses à la suite d'Apollon.

Troupe de Faunes & de Satyres à la suite de Pan.

PROLOGUE.

Le Theatre represente un Bois qu'Apollon & Pan avoient choisi pour y renouveller leur ancienne Dispute. Jupiter accompagné des Divinitez Celestes, paroît dans une Gloire qui se répand jusques sur le bord du Theatre.

JUPITER.

LE bruit de vos débats me fait quitter
les Cieux ;
C'est trop renouveller une vaine querelle,
Et disputer de la gloire immortelle
Dûë à vos chants harmonieux :
Un Roy toûjours victorieux,
Veut, malgré les fureurs d'une Guerre cruelle,
Que les Jeux & l'Amour soient en paix dans ces lieux,
Que tous vos cœurs d'intelligence,
S'accordent pour loüer le Héros de la France !
Chantez, réünissez vos voix ;
Celebrez le plus grand des Rois.

APOLLON, PAN, *& le Chœur.*

Chantons, réünissons nos voix ;
Celebrons le plus grand des Rois.

PAN.

PAN.

En vain le Demon de la Guerre
Contre ce Roy vainqueur arme toute la Terre:
L'envie en vain du séjour tenebreux
Souffle à ses ennemis le poison de ses feux,
Et veut rendre à jamais leur fureur invincible.
Il vaincra leur rage inflexible,
Et les forcera d'être heureux.

APOLLON.

Sa Clémence est égale à sa valeur extréme;
Il est le plus doux des Vainqueurs:
Il ne veut se servir de son Pouvoir suprême,
Que pour regner sur tous les cœurs.

PAN.

Ses Exploits glorieux assurent sa mémoire.

APOLLON.

Le seul bien de son Peuple anime ses projets.

APOLLON, & PAN.

Ce Heros ne veut d'autre gloire
Que le bonheur de ses Sujets.

Les Muses & les Bergers de la suite d'Apollon forment une Entrée en réjouissance de son accord avec le Dieu Pan.

UNE BERGERE.

Le calme & les beaux jours inspirent la tendresse
Suivons, l'amour belle jeunesse,
Meritons les faveurs qu'il veut nous accorder:
Quel mal ferons-nous de nous rendre?
Les Dieux à ce Vainqueur sont contraints de ceder,

Prennent-ils des plaisirs qu'ils veulent nous deffendre?
Donneroient-ils des loix qu'ils ne peuvent garder.

Les Muses & les Bergers recommencent leurs danses.

UN BERGER.

Tout brille en ce charmant Boccage,
Le chant du Rossignol s'y mêle au bruit des Eaux;
Ces Arbres toûjours verds qui bordent ces ruisseaux,
Donnent du frais & de l'ombrage:
Tout inspire en ces lieux de charmantes langueurs,
L'Amour y tient son Empire,
Ces gazons, ces tapis de fleurs
Semblent l'aider à seduire
Les plus insensibles cœurs

La suite de Pan s'unit à celle d'Apollon, & forme la derniere Entrée.

JUPITER.

J'aprouve tous ces soins, j'aime à voir vôtre zele;
Jamais dessein, jamais ardeur plus belle,
N'a fait naître vos doux concerts;
Chantez un Roy digne du Diadême,
Digne de partager avec Jupiter même
L'Empire de tout l'Univers.

CHOEUR.

Le plus sage des Roys veut qu'icy l'on joüisse
Des douceurs d'une heureuse Paix:
De nos chants, de nos voix que l'Echo retentisse,
Qu'il vive, qu'il triomphe, & qu'il regne à jamais.

Fin du Prologue.

ACTEURS
DE LA
TRAGEDIE.

HIDASPES, *Roy d'Ethiopie, pere de Cariclée.*

CARICLE'E, *confidente d'Arsace, inconnuë pour être fille d'Hidaspes.*

THEAGENE, *Prince Grec, Amant de Cariclée.*

ME'ROEBE, *Prince Ethiopien, Rival de Theagene, & celebre Magicien*

ARSACE, *Sœur du Roy de Perse, celebre Magicienne.*

TISBE', *amie de Cariclée & suivante d'Arsace.*

HE'CATE.

LE STIX LE COCYTE. LE PHLE'GETON.

Chœur & Troupe de Guerriers Ethiopiens.

Chœur & Troupe de Magiciens & de Magiciennes.

Troupe d'Ombre des anciens Mages.

Quatre Demons volants qui apportent Theagene.

Troupe d'autres Demons volants.

Chœur & Troupe de Divinitez Infernalles.

Troupe d'Ombres heureuses.

Deux Demons sous la figure de Matelots.

Chœur & Troupe de Demons sous la figure de Matelots & de Matelottes.

TETIS.

LE GRAND SACRIFICATEUR D'OSIRIS.

La Statuë du Dieu Osiris.

Chœur & Troupe de Peuples, & de Seigneurs de la Cour d'Ethiopie.

Troupe de Gardes.

TEAGE

TÉAGENE, ET CARICLÉE, TRAGEDIE.

Le Théatre represente le Palais d'Hidaspes, Roy d'Ethiopie.

SCENE I.

CARICLÉE *seule*.

Amour, cruel amour! sors de mon foible cœur!
Celui que ton pouvoir en a rendu vainqueur,
A mes tristes regards ne peut jamais paroître;
Cesse d'augmenter mon ennui!

Si c'est l'espoir qui t'a fait naître,
Dois-tu vivre encore aprés lui ?

SCENE II.

CARICLE'E, TISBE'.

TISBE'.

C'est de nôtre côté que penche la victoire ;
Bien-tôt le Nil coulera sous nos loix,
Et l'Egypte cedant à nos heureux Exploits
Va perdre dans ce jour le reste de sa gloire :
Méroébe viendra, charmé de vos beautez,
Vous offrir les honneurs que la Cour doit luy rendre

CARICLE'E.

Cruelle ! Que viens-tu m'apprendre?

TISBE'.

Rendez le calme à vos sens agitez.
Arsace vous cherit, elle peut vous deffendre,
D'un Hymen que vous redoutez.

CARICLE'E.

Hélas ! je ne vois rien qui ne me desespere ?
Inconnuë à moi-même, en ces lieux Etrangere,
D'où puis-je attendre du secours?
J'ignore quel mortel m'a donné la naissance ;
Arsace qui prend soin de mes funestes jours
M'ordonne d'écouter un amour qui m'offense ;
Téagene, lui seul, viendroit a ma deffense,
Et je l'ay perdu pour toûjours.

TISBE'.

L'amour propice aux cœurs fidelles.

Tôt ou tard finit leurs malheurs.
Un doux espoir doit calmer vos douleurs :
C'est souvent au milieu des épines cruelles
Que naissent les plus belles fleurs.

CARICLE'E.

Non, rien ne peut finir ma peine.
Depuis qu'Arsace abandonnant sa Cour,
Me laissa dans la Perse, où je vis Téagene,
Nos malheurs, mon départ pour ce fatal séjour,
N'ont pû me dégager d'une cruelle chaîne.
Triste & cher souvenir, qui redoublez mes feux,
N'agitez plus un cœur trop malheureux.
Si vostre secrete puissance
Sçait charmer quelque fois mes maux les plus affreux ;
Ah ! que vous estes rigoureux,
Même en calmant leur violence !
Triste & cher souvenir, qui redoublez mes feux,
N'agitez plus un cœur trop malheureux.
Vous réparez des temps la plus longue distance ;
Mais plus vous retracez à mon cœur amoureux,
De ses tendres plaisirs la tranquille innocence,
Plus vôtre secours dangereux,
Me fait sentir les horreurs de l'absence.
Triste & cher souvenir, qui redoublez mes feux,
N'agitez plus un cœur trop malheureux.

TISBE.

Méroébe paroît.

CARICLE'E.

O funeste esclavage !
Ne puis-je en liberté me plaindre de mon sort ?

SCENE III.

CARICLE'E, TISBE', MEROE'BE, TEAGENE *desarmé, conduit par des Soldats.*

MEROE'BE.

Les Dieux à nos Guerriers conservent l'avantage?
L'ennemi contre nous fait un nouvel effort,
Mais nos Soldats animez du carnage,
Portent par tout la terreur & la mort.
J'ameine ce Captif par les ordres d'Arsace,
Et je cours profiter de ce jour fortuné
Pour me montrer par une illustre audace,
Digne de tout l'amour que vous m'avez donné

SCENE IV.

CARICLE'E, TISBE', TEAGENE, *Soldats*

CARICLE'E.

Que vois-je? est-ce une erreur; Est-ce vous Téagene?

CARICLE'E, TEAGENE.

Quel bonheur vous offre à mes yeux!

TEAGENE.

Quel charme!

CA-

CARICLÉE.

Quel transport !

TEAGENE.

Le Ciel finit ma peine.

CARICLÉE.

Quoi, je vous retrouve en ces lieux ?

TEAGENE.

Cariclée, est-ce vous ?

CARICLÉE.

Est-ce vous Téagene ?

CARICLÉE, TEAGENE.

Quel bonheur vous offre à mes yeux ?

CARICLÉE.

Que le plaisir de revoir ce qu'on aime
Fait naître de tendres ardeurs !
Non, tous les Dieux dans leur bonheur suprême
N'ont rien qui flate plus leurs cœurs
Que le plaisir de revoir ce qu'on aime.
Quel destin vous conduit en ces brûlans Climats ?

TEAGENE.

Mon desespoir m'a fait prendre les Armes,
Eloigné de vos yeux je ne voyois de charmes
Que dans les horreurs du Trépas.

CARICLÉE, TEAGENE.

Redoublons de nos cœurs l'heureuse intelligence ;

L'a-

L'amour nous fait sentir les plus aimables coups:
Que nôtre destin sera doux,
S'il mesure la récompense
A la rigueur de son couroux!

CARICLE'E.

Rien ne peut exprimer les transports de mon ame. . . .
Mais Arsace paroît, contraignons nos ardeurs ;
De nos tendres regards ménageons les douceurs:
Les yeux de deux Amants jettent des traits de flâme,
Qui n'éclairent que trop le secret de leurs cœurs.

SCENE V.

ARSACE, CARICLE'E, TISBE', TEAGENE, *Soldats*.

ARSACE à Téagene.

Prince, vôtre valeur à vous-même fatale,
Vous a soûmis à nôtre loy ;
Mais n'apprehendez rien! si la pitié du Roy
A la mienne se trouve égale,
Vous serez plus à vous que je ne suis a moy.

TEAGENE.

Quel Dieu vous sollicite à m'être favorable?
Vaincu, persecuté du destin rigoureux,

ARSACE.

Des caprices du sort vous n'étes point coupable.

TE-

TEAGENE.

Que ne devrai-je point à ce secours heureux.

ARSACE.

Allez, Prince! un Heros qu'un sort funeste accable,
Interésse pour lui tous les cœurs genereux.

SCENE VI.

ARSACE, CARICLE'E, TISBE'.

ARSACE.

A sauver ce Guerrier la pitié me convie.

CARICLE'E.

Il est digne des soins que vous prenez pour lui.

ARSACE.

Quel seroit son malheur, si malgré mon appuy,
Ce jour funeste étoit le dernier de sa vie?

CARICLE'E. *à part.*

Ciel!

ARSACE.

Les Captifs prés d'icy rassemblez,
Au Temple d'Osiris doivent être immolez.

CARICLE'E *à part.*

Je succombe à mes maux ma force est inutile.

ARSACE.

Quel interêt te fait verser des pleurs?

CARICLE'E.

Je connois ce Heros, il eſt du Sang d'Achille ;
Je plains comme vous ſes malheurs.

ARSACE.

Je veux t'avoüer ma foibleſſe.
Ne crains rien pour les jours de ce Prince charmant !
Un Dieu qui pour lui m'intereſſe,
Me répond du ſuccés de mon empreſſement
Tandis que le Combat s'eſt donné dans la Plaine,
J'étois ſur nos fameux Remparts ;
La valeur de ce Prince a fixé mes regards,
Noſtre perte eût eſté certaine...
Mais il s'eſt vû ſaiſi de toutes parts :
J'ai ſenti croître mes allarmes,
J'ai plaint de ſon deſtin la barbare rigueur ;
Mais il n'a point, hélas ! ceſſé d'être vainqueur,
Et lorſque la Victoire abandonnoit ſes Armes,
L'amour par d'invincibles charmes,
Le rendoit Maître de mon cœur,

CARICLE'E.

Dieux !

ARSACE.

D'où vient cette inquietude ?

CARICLE'E.

Songez-vous que le Roy doit être vôtre Epoux ?

ARSACE.

Laiſſez-moi ſeule ; allez, retirez-vous !
Mon amour a beſoin d'un peu de ſolitude.

SCE-

SCENE VII.

ARSACE *seule.*

Qu'ai-je vû? malheureuse! Ah! je n'en puis douter:
Je connois son amour; mon ardeur sera vaine.
La crainte la fureur, la tendresse, la haine,
Tour à tour viennent m'agiter.
Un noir pressentiment s'empare de mon ame;
Mon cœur triste, abbatu, n'ose former des vœux,
Je trouve une Rivale opposée à mes feux,
Qui, peut-être a sçû plaire à l'objet de ma flâme.
Transports qui détruisez mon espoir le plus doux,
Faut-il que je me livre à vous?
L'amour qui vous a sçû produire,
Et qui trouble mon cœur par des soupçons jaloux,
Ne cherchoit-il qu'à me séduire?
Transports qui détruisez mon Espoir le plus doux,
Faut-il que je me livre à vous;

On entend un bruit de Victoire.

Ces cris & ces Chants d'allegresse,
M'annoncent que le Roy conduit icy ses pas.
Au moins barbare amour! funeste amour hélas!
Laisse-moi le pouvoir de cacher ma foiblesse.

SCENE VIII.

HIDASPES, ARSACE, *Chœur & Troupe de Peuples & de Guerriers Ethiopiens.*

HIDASPES.

Princesse, la Victoire a rempli nos souhaits,
Mes Peuples vont joüir des douceurs de la Paix:
Je sçai que nous devons cet illustre avantage,
Au secours de vôtre Art qui commande aux Enfers,
Et je viens vous rendre l'hommage
Du Triomphe qui met l'Egypte dans nos fers.
Chantez peuples chantez, célebrez la Victoire,
Qui vient de combler vos desirs :
Est-il de plus charmans plaisirs
Que ceux que nous donne la gloire ;

CHOEUR.

Chantons, célebrons la Victoire
Qui vient de combler nos desirs :
Est-il de plus charmans plaisirs
Que ceux que nous donne la gloire ?

Entrée des Guerriers Ethiopiens.

UNE DES ACTRICES DU DIVERTISSEMENT.

Que de beaux jours ! que de charmes!
L'amour va combler nos vœux :
Tout doit luy rendre les Armes,
Tout doit brûler de ses feux ;
En vain une Loy cruelle,
Veut combatre nos desirs,

La

La raiſon ordonne-t'elle
Qu'un cœur vive ſans plaiſirs?

SECOND COUPLET.

Sans l'amour rien ne peut plaire,
Tous les biens ſont imparfaits,
L'amour ſeul a droit de faire
Un deſtin rempli d'attraits;
En vain une Loy, &c.

Les Guerriers Ethiopiens recommencent leurs Danſes. On reprend le Chœur Chantons &c.

Fin du Premier Acte.

ACTE II.

Le Theatre represente une vaste Campagne couverte de plusieurs Tombeaux.

SCENE I.

ARSACE *seule.*

Sejour d'une éternelle horreur,
Lieux consacrez à mes affreux mysteres,
Devenez, s'il se peut, encor plus solitaires,
Et soyez seuls témoins de ma vive douleur!
Et toy, foible raison! qui ne sçaurois éteindre,
Des feux que malgré toy, j'ay fait paroître au jour;
Laisse-moy, pour le moins, soupirer & me plaindre!
Cruelle! devrois-tu contraindre:
Des cœurs que tu ne peux garentir de l'amour?

SCENE II.

ARSACE, CARICLE'E, TISBE'.

TISBE'.

Scavez-vous qu'Osiris, nôtre Dieu Tutelaire
Vient de promettre au plus puissant des Rois,
De luy rendre en ce jour cette fille si chere,
Qu'autrefois en naissant la celeste colere,
Luy fit exposer dans les Bois?

AR-

ARSACE.

Teagene vient-il?

TISBE'.

Craignez-vous sa presence?

ARSACE.

Dois-je encor pour sa vie avoir quelques égards?
J'ay connû son indifference;
Le cruel, affectant de garder le silence,
Vient de me refuser jusques à ses regards.

CARICLE'E.

Un cœur pour montrer sa foiblesse,
N'emprunte pas toûjours le secours de la voix;
Et le silence quelquefois
Exprime beaucoup de tendresse.

ARSACE.

Vos soins pour l'excuser sont grands & genereux.

TISBE'.

Il paroît.

CARICLE'E *à part.*

Juste Ciel! protege un malheureux;

SCENE III.

ARSACE, CARICLE'E, TISBE', TEAGENE *conduit par des Soldats.*

ARSACE.

Prince, la mort menace vôtre tête.
Bien-tôt de mes bontez elle rompra le cours ;
Prenez quelque soin de vos jours,
Il en est temps encor ; prévenez la Tempête.

TEAGENE.

Que puis-je ? & que demandez-vous ?

ARSACE.

Sauvez-moy de l'horreur extrême,
De vous voir immoler au celeste couroux ;
Mais les momens sont chers, partons, éloignons nous.
Je quitte la grandeur suprême
Pour joüir du plaisir de vous voir mon Epoux ;
Pour un cœur amoureux, est-il un bien plus doux,
Que celuy d'être à ce qu'il aime ;

TEAGENE.

Princesse ! oubliez-vous qu'au milieu des Combats
L'Egypte n'a point vû que mon bras l'ait trahie ?
Pourrois-je m'allier avec son Ennemie ?

ARSACE.

Mais plûtôt n'oubliez-vous pas,
Que

Que c'est de ma pitié que dépend vôtre vie ;

TEAGENE.

Non, je ne crains point de perir.
Des injures du sort le Trepas nous délivre ;
Un Guerrier en Heros n'a commencé de vivre,
Que du jour qu'il a sçû se résoudre à mourir.

CARICLÉE.

Prince, que faites-vous? Cedez à la Princesse.

CARICLÉE, TISBÉ.

Evitez les malheurs qui vous sont destinez !

TEAGENE.

J'acheterois trop cher des jours infortunez,
S'il m'en coûtoit une foiblesse.
Mais... Dieux !

ARSACE.

Vous soupirez ? D'où naissent vos douleurs?
Sied-t'il bien aux Heros de répandre des pleurs ;

TEAGENE.

La peur n'a point de part à mes peines cruelles.
Je plains des cœurs constans, des Amis trop fideles,
Qui partagent tous mes malheurs.

ARSACE.

Cruel ! ton cœur pour d'autres si sensible,
N'est-il barbare que pour moy ?
Crois-tu que je verrai ton Trepas sans effroy ?
Non, non ; si tu peris, ma mort est infaillible.
Par pitié pour mes jours, évite la rigueur

Du coup affreux qui te menace!
Mon amour te fait déja grace...
Tu ne me répons rien! Ah je lis dans ton cœur,
Je vois qu'une autre flâme à la mienne fatale,
Est la cause de ta froideur.
Mais, je rendrai ta peine à ma fureur égale,
Ingrat! tremble pour ma rivale!
J'éteindrai dans son sang ma haine & son ardeur.

TEAGENE.

Non, jamais....

ARSACE.

Laisse-moy.

Les Gardes remeinent Téagene.

SCENE IV.

ARSACE, CARICLE'E, TISBE'. MEROE'BE.

ARSACE.

Connoissez ma foiblesse.
Prince, il faut que nôtre Art seconde mon courroux.
L'amour vous interesse
Dans mes soupçons jaloux:
Non, non; je ne crois plus que ma fureur m'abuse.
Cette ingrate trahit vos vœux & mon espoir.

MEROE'BE.

Ciel!

CARICLE'E.

Qu'osez-vous penser;

ARSACE.

Nous allons bien-tôt voir,
Si c'est à tort que mon cœur vous accuse:
Consultons les Demons sur nos justes terreurs;
Transportons les Enfers dans cette solitude.

MEROE'BE.

Que je crains, en sortant de mon incertitude,
De trouver de plus grands malheurs,

ARSACE, MEROE'BE.

Nuit étendez vos sombres voiles!
Répandez le silence & l'effroy dans ces lieux.
Et dérobez même à nos yeux
L'obscure clarté des Etoilles:
Et vous, qui de nôtre Art connoissez les ressorts,
Venez seconder nos efforts.

La nuit se répand sur le Theatre.

SCENE V.

ARSACE, CARICLE'E, TISBE', MEROE'BE,
Chœur & Troupes de Magiciens.

Entrée des Magiciens.

MEROE'BE.

Sur la rive du Stix, s'éleve un Temple auguste,
Où ce Dieu formidable, & craint des autres Dieux,

Toûjours terrible, toûjours juſte,
Diſpenſe les deſtins de la terre & des Cieux:
Il eſt de l'Univers l'ame toute puiſſante,
A ſes divins regards l'Eternité preſente
Dévoile les ſecrets qu'elle cache aux mortels.
Allons le conſulter aux pieds de ſes Autels.

ARSACE, MEROE'BE.

Que juſques dans les Cieux nôtre puiſſance éclate;
Du pouvoir de nôtre Art rempliſſons l'Vnivers:
Lune, Diane, triple Hécate,
Deſcendez pour nous aux Enfers.

Les Magiciens recommencent leurs Céremonies Magiques.

Divins Eſprits! Ombres célebres,
Dont ces Tombeaux ſacrez gardent le ſouvenir,
Vous, qui de l'obſcur avenir
Avez percé les épaiſſes tenebres,
Quittez vos Retraites funebres,
Venez avec nous vous unir.

Tous les Tombeaux s'ouvrent, & les Ombres qui paroiſſent s'uniſſent aux Magiciens pour favoriſer Arſace & Meroébe.

ARSACE, MEROE'BE, CHOEUR.

Que juſques dans les Cieux nôtre puiſſance éclate,
Du pouvoir de nôtre Art rempliſſons l'Vnivers,
Lune, Diane, triple Hécate,
Deſcendez pour nous aux Enfers.

CHOEUR.

CHOEUR.

L'air est en feu, la foudre gronde,
La terre tremble sous nos pas.

ARSACE, MEROE'BE.

Le flambeau de la nuit pour descendre icy-bas
Se dérobe au reste du monde

Un tourbillon de Nuages descend; & aprés avoir rempli le haut du Theatre, se développe & laisse voir Hécate qui descend. Un Chariot de feu, conduit par des Demons, sort de dessous terre.

SCENE VI.

Tous les Acteurs de la Scene precedente.

HE'CATE.

Vos cris sont montez jusqu'aux Cieux,
Je vais pour vous signaler ma puissance,
Vous voyez que l'Enfer se découvre à vos yeux,
Partez, j'irai bien-tôt remplir vôtre esperance.

ARSACE, MEROE'BE.

Descendons au noir séjour.
Hécate nous sera propice.

ARSACE *à Cariclée.*

Venez, ne craignez rien; les Enfers en ce jour
Vont calmer nos soupçons, & vous rendre justice,

CARICLE'E *à part.*

Ciel! ô Ciel! qui vois mon ſupplice,
Prend ſoin d'un malheureux Amour.

Arſace & Meroébe montent dans le Char, & y font entrer Cariclee & Tisbé avec leſquelles ils deſcendent ſur les Bords infernaux. Les Ombres r'entrent dans leurs Tombeaux, & les Magiciens ſe retirent.

Fin du Second Acte.

ACTE

ACTE III.

Le Theatre represente un Temple consacré au Dieu du Fleuve Stix : il est percé par le fonds, & laisse voir les Ondes de ce Fleuve, à l'autre Bord duquel on apperçoit les Champs Elisées, & l'Enfer dans l'éloignement.

SCENE I.

ARSACE, CARICLE'E, TISBE', MEROE'BE.

Arsace & Meroëbe restent quelque temps au fonds du Theatre. Cariclée s'avance & chante ce qui suit.

CARICLE'E.

Charmant repos d'une ame indifferente,
Vous étes le seul bien qui peut nous rendre heureux.
Dans ce triste séjour interdite, tremblante,
L'amour, la crainte, l'épouvante,
Me livrent tour à tour à des maux rigoureux.
Qu'un cœur est agité dans l'Empire amoureux !
Charmant repos d'une ame indifferente,
Vous étes le seul bien qui peut nous rendre heureux.

Arsace, Meroëbe & Tisbé s'avancent.

MEROE'BE.

Malgré nos vains efforts le Stix inexorable,

Ne paroît point sur ce Bord redoutable.

CARICLE'E.

Par des troubles cruels pourquoy vous agiter?
Et dequoy vous sert-il d'éclaircir vos allarmes?
Quand sur vous Teagene auroit sçû l'emporter,
Le soin que vous prenez de me persecuter
Pourroit-il vous donner des charmes?

MEROE'BE.

Non, je prétens sortir d'un trouble trop fatal.
Si je ne puis cesser de vous voir inhumaine,
La mort de mon heureux rival
Me vangera de vôtre haine.

ARSACE.

Si nos soins prés du Stix ne peuvent réussir,
Je puis de ses refus réparer l'injustice,
Et mon amour jaloux m'inspire un artifice,
Qui de tous nos soupçons pourra nous éclaircir.
Demons! Ministres de ma haine,
Partez, assoupissez les sens de Teagene,
Et le conduisez en ces lieux.

CARICLE'E *à part.*

Quel dessein forme-t-elle? O Dieux!

Les Demons obéïssent.

ARSACE, MEROE'BE.

De nos fureurs suivons la violence,
N'écoutons plus qu'un trop juste couroux;
Perissent les Rivaux dont l'amour nous offense,
Pour les cœurs amoureux, méprisez & jaloux,
Il n'est point de plaisir plus doux

Que

Que le plaisir de la vengeance.
Hecate vient, moderons nos transports.

SCENE II.

HECATE, LE COCYTE, LE PHLEGETON, ARSACE, MEROE'BE, CARICL'EE, TISBE'.

HECATE.

D'un prompt secours ma promesse est suivie.
Cocyte. Phlegeton, unissons nos efforts!

HECATE, LE COCYTE, LE PHLEGETON.

Stix! ô Stix! paroissez sur ces funestes bords.

HECATE.

Par cette puissance infinie,
Qui s'étend jusques sur les morts,
Dieu des Dieux, répondez à nôtre juste envie.

HECATE, LE COCYTE, LE PHLEGETON.

Stix! ô Stix! paroissez sur ces funestes bords.

ARSACE, MEROE'BE.

Venez servir la jalousie
Dont nôtre ame est saisie.
Vous qui des Elémens formez tous les Accords,
Vous qui du monde entier concertez l'harmonie

HECATE, LE COCYTE, LE PHLEGETON, ARSACE, MEROE'BE.

Stix! ô Stix! paroissez sur ces funestes bords!

HECATE.

Et vous Divinitez de l'infernal Empire !
Vous Ombres ! dont les cœurs ſans crainte, ſans deſirs,
Goûrent les innocens plaiſirs
Qu'une heureuſe paix vous inſpire :
Venez par vos reſpects, vos Chants harmonieux,
Forcer le Stix à rompre le ſilence,
Ce Dieu ſemble vouloir nous ôter l'Eſperance
De le voir paroître en ces lieux ;
Mais une humble perſeverance
Triomphe des refus des Dieux.

SCENE III.

Tous les Acteurs de la Scene precedente.

Chœur & Troupe de Divinitez des Enfers & des Ombres heureuſes.

Entrée des Divinitez infernales.

Les Ombres heureuſes s'uniſſent aux Divinitez des Enfers.

Dieu tout-puiſſant, dont la grandeur ſuprême,
fait trembler ſous ſes loix les Cieux & les Enfers !
Deſtin ! qui reglez ſeul tout ce vaſte Univers !
Et qui ſeul ſans défaut ſuffiſez à vous-même :
Favoriſez nôtre Entrepriſe !
Montrez à ces Amans qu'Hécate favoriſe,
Quels ſont ſur leurs amours, vos decrets éternels.

CHOEUR.

Dieu de cette Onde redoutable

Soyez-nous favorable..
Par nos Chants, par nos soins, par nos plus doux accords,
Stix ! ô Stix ! paroissez sur ces funestes bords.

Le Dieu du Stix sort de ses Ondes.

SCENE IV.

Tous les Acteurs de la Scene precedente.

LE STIX.

Tremblez mortels audacieux ;
L'amour va vous conduire aux plus horribles crimes ;
Mais craignez à la fin d'en être les Victimes ?
Ne portez pas plus loin vos desirs curieux.
Tremblez mortels audacieux.

ARSACE.

Quel Oracle terrible !

MEROE'BE.

O réponse fatale !

ARSACE.

Ah ! du moins ne puis-je sçavoir
Si cette ingrate est ma rivale.....

Le Stix r'entre dans ses Ondes. Hécate, le Cocyte, le Phlegeton. les Divinitez infernales, & les Ombres se retirent; & quatre Demons apportent Teagene endormi.

SCENE V.

ARSACE, CARICLE'E, TISBE', MEROE'BE, TEAGENE *endormi, apporté par quatre Demons.*

ARSACE.

IL disparoît! quel est mon desespoir?
Non, de tout mon couroux je ne suis plus maîtresse.
Mais, que vois-je? l'Enfer obéït à mes loix.
On ameine l'ingrat qui causa ma foiblesse,

à Cariclée.

Vous! si quelque pitié pour luy vous interesse,
Contraignez vos regards, retenez vôtre voix!
Les Esprits infernaux qui viennent le conduire
Ne me desobéiront pas.
Songez qu'un seul regard échapé pour l'instruire,
Sera l'Arrêt de son Trépas.

CARICLE'E *à part*

O Dieux!

ARSACE *à Meroébe.*

De ces détours vous pourrez nous entendre,
Observez pour un temps qu'on ne puisse vous voir.

Meroébe se retire à l'écart. Arsace touche Téagene de sa Baguette.

TEAGENE *s'éveillant.*

O Ciel!

AR-

ARSACE.

Raſſurez-vous, rien ne doit vous ſurprendre,
Vous étes dans un lieu ſoûmis à mon pouvoir.

TEAGENE.

Vôtre fureur peut-elle être adoucie?

ARSACE.

Connoiſſez ſi mon cœur eſt tendre & genereux?
Malgré toute ma jalouſie,
J'entrepens de vous rendre heureux;
Vous aimez Cariclée: il n'eſt plus temps de feindre.
De mon funeſte amour la barbare rigueur
Devant vous me force à me plaindre;
Mais il eſt aſſez fort pour devoir me contraindre
A n'aimer que vôtre bonheur.

TEAGENE.

De vos tranſports jaloux j'ay fait l'experience,
Je devrois croire moins un ſi prompt changement;
Mais un grand cœur reſſent mal-aiſément
Et la crainte & la défiance.
Du plus beau feu je me ſens animé
Cariclée eſt l'objet.....

CARICLE'E.

Prince! qu'oſez-vous dire;

ARSACE.

Je vous plains, un autre eſt aimé,
Mais je pretens finir vôtre martyre.

TEAGENE.

Qu'entens-je? A ce recit ajoûteray-je foy?
Etes-vous Cariclée? ou suis-je Téagene?
Ah! vous étes volage, ingrate, je le voy.
Vous fuiez mes regards, ma presence vous gêne:
Mon cœur aprés ce coup, n'a rien à redouter,
La mort finira mes allarmes....
Mais, que vois-je? vos yeux se remplissent de larmes,
Ah! vous m'aimez toujours, je n'en sçaurois douter.

CARICLE'E.

Prince, fuïez, je ne veux rien entendre:
Ne vous offrez plus a mes yeux,

TEAGENE.

Plus je veux penetrer, & moins je puis comprendre
Ce mystere odieux.

ARSACE.

Il faut vous l'éclaircir, & rompre le silence.
C'en est fait de vos cœurs, je sçay l'intelligence,
J'entreprens de les des-unir.
Une foible pitié veut en vain m'en distraire,
Elle accroît ma fureur, au lieu de la banir,
Et je veux tous deux vous punir
Des remords que je sens en suivant ma colere.

TEAGENE.

Quoy? barbare? ton cœur?....

ARSACE.

Tu ne me connois pas.
Je vais me montrer plus cruelle
Meroébe hâtez vos pas :
Enlevez cette ingrate a vôtre amour rebelle,
Et vous, noirs habitans de la nuit éternelle,
Volez, conduisez-les aux plus lointains Climats.

CARICLE'E.

O contrainte! ô douleur mortelle!

Meroébe aidé des Demons enleve Cariclée.

SCENE VI.

ARSACE, CARICLE'E, TEAGENE.

TEAGENE.

Perfide! acheve, & m'arrache le jour :
Je te hais; pour te fuir je renonce a la vie,
Et l'horreur que je sens de ton funeste amour
Va plus loin que ta barbarie.

ARSACE.

Tes desirs seront satisfaits.
Tu mourras; ma fureur remplira tes souhaits :
Mais une prompte mort flatteroit peu ma haine;
Mon cœur par tes mépris dans sa rage affermi
Te prépare une affreuse peine :
Crains ingrat! crains encore ma colere inhumaine!
Un cœur qui sçait aimer ne hait pas à demi.
Demons contentez mon envie;

Vo-

Volez ! que le cruel partage vos horreurs !

TEAGENE.

Les justes Dieux, les Dieux vangeurs
Sçauront punir ta perfidie.

ARSACE.

Avant qu'ils ayent puni mes jalouses fureurs
Le plaisir de te voir au comble des malheurs
M'aura peut-être ôté la vie.

Les Demons enlevent Teagene, & le conduisent où Meroébe a enlevé Cariclée : Arsace & Tisbé partent, & prennent le même chemin.

Fin du Troisiéme Acte.

ACTE

ACTE IV.

Le Theatre represente un Port de Mer : Des Cabanes de Pêcheurs forment le devant du Theatre. Deux Grottes voisines l'une de l'autre paroissent sur le bord de la Mer. Des Rochers escarpez se font voir dans l'éloignement.

SCENE I.

TEAGENE *seul.*

Ma vertu cede aux coups dont le destin m'accable :
Haine, vengeance, amour qui déchirez mon cœur !
Ah ! laissez-moy, du moins, la funeste douceur,
De me plaindre en mourant, du Ciel impitoyable
Dont mes malheurs cruels épuisent la rigueur.
Et toy, charmant objet, de qui l'Enfer barbare
Pour jamais me sépare,
Connois par mes transports l'excés de mon amour !
J'ay honte de survivre à ma douleur mortelle ;
Et je vais dans les flots par une mort cruelle,
Me punir d'être encore au jour.
Mais, quelle Deité vient de sortir de l'Onde ?
Quel son harmonieux retentit dans les airs ?
Malgré moy, ma douleur profonde,
Céde au charme de ces concerts.

SCE-

SCENE II.

Tétis portée sur un Monstre marin. TEAGENE.

TE'TIS.

Digne Sang des Heros dont tu tiens la Naissance,
Fils d'Achille! entens-moy, Teagene mon fils!
La Déesse des Mers la puissante Tétis,
Vient rendre à tes esprits le calme & l'esperance:
Ton Rival est dans ce séjour,
Prens ce fer; cours à la vengeance!
Et tu connoîtras que l'amour
Des fidelles Amants couronne la constance.

Elle donne une Epée à Teagene, & continuë.

Tendres cœurs! tôt ou tard l'amour suit vos desirs,
Souffrez sans murmurer ses rigueurs inhumaines:
On trouve peu d'appas dans les plus douces chaînes,
Qui n'ont point coûté de soûpirs;
Plus en aimant vous trouverez de peines,
Plus vous devez esperer de plaisirs.

Elle r'entre dans les Ondes.

TEAGENE.

Suivons un transport legitime:
Cherchons mon Rival en ces lieux;
Allons le punir de son crime.
Que ne peut point un cœur que la vengeance anime,

Quand

Quand sa juste fureur sert le couroux des Dieux

Il va chercher son Rival.

SCENE III.

ARSACE & TISBE' *descendent portées par des Demons.*

ARSACE.

Lâche pitié, que voulez-vous de moy?
Je ne veux respirer que haine & que vengeance;
Assez avec l'amour, mon cœur d'intelligence,
M'a fait rougir de suivre une honteuse loy.
Dois-je aimer un ingrat dont le mepris m'offense?
Lâche pitié, que voulez-vous de moy?

TISBE'.

Quand un ingrat paroît toûjours aimable,
Que l'on doit craindre un dangereux retour!
Et que la haine est peu durable,
Quand elle doit sa naissance a l'amour!

ARSACE.

Non, non, je ne sçaurois être assez rigoureuse;
C'est porter trop long-temps la honte de mes fers;
Tremble Rivale malheureuse;
Ce Poignard va t'ouvrir le chemin des Enfers:
Je veux qu'une vengeance affreuse,
signale avec horreur mon nom dans l'Univers.

TISBE'.

Juste Ciel!

AR-

ARSACE.

Tu frémis, apprens à me connoître
Dans la fureur de mes transports jaloux,
Si la perfide échape à mon couroux,
Son Amant à mes yeux doit craindre de paroître
Si luy-même ne veut expirer sous mes coups:
Pour remplir ma haine fatale,
J'irois jusqu'en son cœur y chercher ma Rivale.
Mais, elle doit être en ces lieux;
Rien ne sçauroit la soustraire à ma rage.

TISBE' *à part.*

Dieux tout-puissants, ô justes Dieux!
Détournez ce cruel orage.

SCENE IV.

ARSACE, TISBE', MEROE'BE.

ARSACE.

Je vous voy seul en ce séjour?

MEROE'BE.

J'ay laissé Cariclée en cette Grotte obscure;
Elle fuït la clarté du jour,
Ma presence augmentoit le tourment qu'elle endure,
Et je veux luy cacher que ma pitié murmure
Des maux que luy fait mon amour.

ARSACE *à part.*

Tu vas perir Rivale criminelle!

TIS-

TISBE' *à part*

Qu'entens-je? courons l'avertir,
Justes Dieux secondez mon zele,
Et de ce coup affreux daignez la garentir.

Tisbé va dans la Grotte qui paroît sur la droite, à dessein d'avertir Cariclée du danger qui la menace. Arsace ne s'apperçoit point de sa sortie.

ARSACE *à Meroébe.*

Les Demons sur ces bords ont conduit Teagene,
Je vais à mon amour donner quelques momens:
Rassurez-vous! bien-tôt vôtre inhumaine,
Ne méprisera plus vos soins ny vos tourmens.

Arsace va chercher Cariclee à dessein de remplir sa vengéance Elle entre dans la Grotte où est entrée Tisbé.

MEROE'BE.

Amour, que ton pouvoir est funeste & terrible!
Heureux qui peut te résister;
Mais c'est le sort d'un cœur sensible
De ne vouloir te surmonter
Qu'aprés que tes appas t'ont sçû rendre invincible. . . .

SCENE. V.

TEAGENE, MEROE'BE.

MEROE'BE.

Que vois-je? quel objet s'offre à mes yeux surpris?

TEAGENE.

Perfide, rends-moy ce que j'aime,
Ou j'atteste des Dieux la Justice suprême;
Que du moindre refus ta mort sera le prix.

MEROE'BE.

Crains que je ne confonde un orgüeil qui m'offense;
Cariclée est en ma puissance,
Ce n'est que par ma mort que tu peux l'obtenir.

TEAGENE *l'attaquant.*

Traître, apprens si je sçay punir
La barbarie & l'insolence.

Ils se battent : leur Combat est interrompu par le retour d'Arsace.

SCENE VI.

ARSACE, TEAGENE, MEROE'BE.

ARSACE *sortant de la Grotte.*

Arrestez, suspendez vos coups!
Ma Rivale n'est plus; cessez d'être jaloux.
Mon crime m'est trop cher pour vouloir qu'on l'ignore,
Cariclée a peri sous mon bras furieux.

à Teagene.

Toy, qui fus si cher à ses yeux:
Prens ce poignard où son sang fume encore;
C'est ainsi que je viens t'apporter ses adieux.

Elle jette le Poignard aux piede de Teagene.

TE-

TEAGENE.

Ah ! pour vanger sa mort tout me sera facile.

TEAGENE, MEROE'BE.

Peux-tu souffrir la lumiere des Cieux,
Barbare ? ....

SCENE VII.

Cariclée sort de la Grotte qui est à la gauche.

ARSACE, TEAGENE, MEROE'BE.

TEAGENE.

Mais que vois-je ? ô Dieux !
Vous vivez !

à Cariclée.

ARSACE *à part.*

Je reste immobile

CARICLE'E *à Teagene.*

Eloignez-vous ; craignez un Trépas inhumain.

TEAGENE.

Partons ; a nos Amours la Grece offre un azile.

MEROE'BE *attaquant Teagene.*

Perfide, je sçauray t'en fermer le chemin.

Leur Combat recommence. Ils s'écartent dans des endroits detournez ; & Cariclée allarmee les suit.

CARICLE'E.

Ah ! cruels, arrêtez ! que prétendez-vous faire ?

SCE-

SCENE VIII.

ARSACE *seule.*

Où suis-je ? quel destin à ma haine contraire,
Vient renverser tous mes desseins !
Dans quel sang innocent ai-je trempé mes mains ?

Elle va à la Grotte d'où elle est sortie.

Qu'ai-je vû ; je demeure interdite, accablée.
Tisbé vient de perir au lieu de Cariclée.

MEROE'BE *dans un coin du Theatre.*

Helas ! helas !

ARSACE.

Quels lugubres accens ?
C'est Meroébe ! ô Ciel !

MEROE'BE.

Je meurs.

ARSACE.

O jour funeste !
Quoy ! pour punir l'ingrat que ma haine déteste,
Tous mes efforts seront-ils impuissants ?
Teagene est vainqueur, ma rivale est contente,
Leur départ va bien tôt couronner leur attente,
Le Ciel me livre à des pleurs éternels ;
Demons ! servez ma rage impatiente :
Malgré l'ordre des Cieux me rendre triomphante
C'est vous montrer plus forts que les Dieux immortels.
Par une flateuse imposture,

Trom-

Trompez de ces Amans le trop charmant espoir
De Nautonniers empruntez la figure ,
Et remettez encor leur sort en mon pouvoir.

CHOEUR *soûterrain de Demons*.

Nous allons seconder ta vengeance fatale.

ARSACE.

Vous relevez mon espoir abbatu ;
Tisbé vient de perir , accusons ma Rivale :
Qu'elle meure odieuse... Arsace que fais-tu?...
Mais c'est trop balancer des fureurs legitimes ;
Je dois rougir d'avoir tant combatu ;
A mes jaloux transports immolons deux Victimes ,
La gloire bien souvent couronne les grands crimes,
& qui sçait se vanger montre de la vertu.

SCENE IX.

Un Vaisseau paroît sur la Mer.

CARICLE'E, TEAGENE.

TEAGENE.

Ne craignez plus pour moy , rien ne manque à ma gloire ,
Mon Rival a perdu le jour ;
C'est moins à ma valeur qu'au feu de mon amour
Que je dois tout l'éclat dont brille ma Victoire ..
Mais Arsace a quitté ces bords.

CARICLE'E.

De ses noires fureurs oublions l'injustice ,

Son desespoir, & ses remors,
Prendront le soin de son supplice.

CARICLE'E, TEAGENE.

L'Enfer n'a pû briser nos nœux;
Le Ciel fait triompher nôtre ardeur mutuelle:
Qu'un tendre souvenir de nôtre amour fidelle,
Au delà du Trépas fasse vivre nos feux.

CARICLE'E.

Le calme rallentit une foible tendresse,
Mais rien n'affoiblira nos tranquilles amours:
Les vrais Amants en se voyant sans cesse,
Sçavent se desirer toûjours.
Fuyons des lieux où frémit l'innocence,
Je crains toûjours l'infernale puissance,
Cherchons loin de ces bords un séjour plus heureux.

TEAGENE.

Approchons du vaisseau que nous voyons paroître,
Peut-être que le Ciel vient l'offrir à nos vœux...
Mais demeurons; j'entens un bruit champêtre:
Ce sont des Nautonniers, il faut les reconnoître:
Voyons leurs danses & leurs jeux.

SCENE X.

CARICLÉE, TEAGENE, *Chœur & Troupe de Demons sous la figure de Mariniers & de Matelots.*

Entrée de Matelots & de Matelottes.

UN MATELOT.

Tous les Climats flattent nostre esperance,
Leurs Thresors à l'envi préviennent nos souhaits:
On trouve parmi nous la paix & l'abondance,
Et les biens qu'à nos cœurs offre l'indifference,
Sont les seuls biens qu'on n'y goûte jamais.

Le Chœur repete ces paroles, & les Matelots recommencent leurs Danses.

DEUX MATELOTS.

Chacun doit aimer à son tour;
Il n'est point de cœur sans foiblesse:
Tous les soins que l'on prend pour vivre sans tendresse,
Ne servent qu'à prouver le pouvoir de l'amour,

Deux Demons sous la figure de Matelots, à Cariclée & Teagene.

Si pour repasser dans la Grece,
Vous cherchez à franchir le vaste sein des Mers
Les chemins vous en sont ouverts;
Entrez dans ce Vaisseau; hâtez-vous, le temps presse.

Un Demon sous la figure de Matelot.

Eole a chassé les Zéphirs :
Il vient d'ouvrir ses Cavernes profondes :
Un vent propice à nos desirs
Fait enfler & mûgir les Ondes.

TEAGENE.

Partons.

CARICLE'E, TEAGENE,

Puisse le Dieu Protecteur des Amants,
Rendre Neptune à nos vœux favorable.

Le même Demon sous la figure de Matelot.

Venez, ne perdez plus de précieux momens.

Téagene & Cariclée vont jusqu'au Vaisseau, qui disparoît : & des Feux soûterrains les épouvantent.

CARICLE'E, TEAGENE.

Dieux ! quel spectacle épouvantable !

Les deux mêmes Demons sous la figure de Matelots.

Ce n'est point dans la Grece où vous devez aller.

TEAGENE.

Perfides quelle est vôtre audace ?

CHOEUR.

Remettons ces Amants entre les mains d'Arsace.
Par leurs malheurs il faut nous signaler.

CARICLE'E, TEAGENE.

Fortune barbare ! ô cruelle disgrace !

Les Demons enlevent Téagene & Cariclée, & les remettent au pouvoir d'Arsace.

Fin du Quatriéme Acte.

ACTE

ACTE V.

Le Théatre represente le Temple d'Osiris. La Statuë de ce Dieu paroît au milieu.

SCENE I.

CARICLE'E *enchaînée, conduite par des Soldats.*

CARICLE'E.

Quel crime ai-je commis? ô Dieux! ô justes
Dieux!
Pour souffrir une mort cruelle;
Du Trépas de Tiabé l'on me rend criminelle,
Arsace va remplir ses desirs furieux,
Et vous m'abandonnez à sa haine mortelle!
Quel crime ai-je commis? ô Dieux! ô justes
Dieux!
Est-ce être coupable à vos yeux,
Que d'avoir un cœur trop fidelle?
Quel crime ai-je commis? ô Dieux! ô justes
Dieux!
Pour souffrir une mort cruelle.
Mais, je me sens saisir d'une nouvelle horreur:
Que vois-je? ô Ciel! c'est Téagene.

SCENE II.

CARICLE'E, TEAGENE *enchaîné, conduit par d'autres Soldats.*

TEAGENE.

Fortune impitoyable!

CARICLE'E.

O fort plein de rigueur!

CARICLE'E, TEAGENE.

Ciel! faut-il qu'à mes yeux une mort inhumaine,
Sur ce que j'aime épuise ta fureur?
Pour combler mes malheurs & couronner ta haine,
Deux fois le coup mortel doit-il percer mon cœur?

CARICLE'E.

Ne perdons point de temps en d'inutiles plaintes:
Vôtre Trépas peut seul m'inspirer de l'effroy,
Prince, il faut dissiper mes craintes,
Arsace peut tout sur le Roy,
Et ses ardeurs pour vous ne sçauroient être éteintes;
Cedez à ses desirs; vivez, oubliez-moy.

TEAGENE.

Que je vive!

CARICLE'E.

Fuyez la mort qu'on vous prépare,
Vous pouvez encor l'éviter.

TEAGENE

Non j'aime mieux souffrir la mort la plus barbare,
Que de vivre, & la meriter.
Mais le Peuple paroît, le Grand-Prêtre s'avance,
Le Roy même vient en ces lieux.

CARICLE'E.

Je tremble... juste Ciel!.. Téagene.. grands Dieux!
Prenez soin de nôtre innocence.

SCE-

SCENE III.

HIDASPES, CARICLE'E, TEAGENE, ARSACE, *le Grand Sacrificateur. Troupe de Ministres d'Osiris. Chœur & Troupe de Peuples d'Ethiopie.*

HIDASPES.

Ministres d'Osiris, vous Peuples mes sujets,
Apprenez mes justes Arrêts :
J'abandonne au Trepas ces malheureux coupables ;
Meroëbe & Tisbé sont morts par leur fureur ;
Vainement la pitié vient agiter mon cœur
En faveur de ces miserables ;
Le Ciel, par ses decrets, toûjours irrévocables,
M'oblige à servir sa rigueur.
En vain pour faire aimer mon regne & ma memoire,
Tout l'Univers entier vanteroit mes Exploits,
Si, méprisant les Dieux dont je tiens la Victoire,
Mon orgueil me montroit indigne de leur choix:
Rendre son Peuple heureux, faire regner les loix,
D'un Monarque puissant est la plus grande gloire
Rendre son Peuple heureux, faire regner les loix,
Est le plus digne employ des Rois.

LE GRAND SACRIFICATEUR

Suivons des Dieux vangeurs les ordres legitimes.
Osiris, recevez ces coupables Victimes.

CHOEUR.

Osiris, recevez ces coupables Victimes.

CARICLE'E.

Dieu juste ! Dieu puissant ! vous connoissez nos cœurs,

Souffrirez-vous qu'on nous livre au supplice?
Hélas ! du moins, s'il faut que je perisse,
Contentez-vous de mes malheurs :
Mon amant ne doit point éprouver les rigueurs
De vostre funeste justice.
Osiris, écoutez mes soûpirs & mes pleurs.

TEAGENE.

O Ciel ! que tout mon sang appaise tes fureurs !
C'est moy seul, Dieux cruels, qu'il faut que l'on punisse.

LE GRAND SACRIFICATEUR.

C'est trop gémir, contraignez vos douleurs;
Il est temps d'achever ce sanglant Sacrifice.

HIDASPES.

Quelle horreur me surprend, & me glace d'effroy ?

Le grand Sacrificateur aprés avoir conduit Cariclée aux pieds de la Statuë d'Osiris, leve le Couteau sacré pour la frapper.

LE GRAND SACRIFICATEUR.

Frapons....

CARICLE'E *levant les mains au Ciel.*

Ciel !

Hidaspes apperçoit au bras de Cariclée le Portrait de la Reine.

HIDASPES.

Qu'est-ce que je voy
Quel Portrait ! Arrêtez.

LE GRAND SACRIFICATEUR.

Quels éclairs de Tonnerre !

Le grand Sacrificateur remet le Couteau sacré sur l'Autel.

CHOEUR.

CHOEUR.

Mille torrens de feu vont embraser la terre.

LA STATUE D'OSIRIS.

Peuples, ne craignez rien: Hidaspes entens-moy:
De ces tendres Amants, reconnoy l'innocence:
Que l'hymen soit la récompense
De leur Amour & de leur foy.
Tu vois ma promesse accomplie;
Que l'encens à jamais brûle sur mes Autels:
Reconnoy cariclée à qui je rends la vie,
C'est ta fille.

HIDASPES.

Ma fille?

ARSACE *à part.*

O Ciel!

HIDASPES.

Dieux immortels!
Vos bienfaits ont comblé toute mon esperance;
Ce gage suffisoit pour dessiller mes yeux:
Vous, Peuples, que le sort soûmet à ma puissance,
Reconnoissez le bien que me rendent les Dieux,

à Cariclee.

Quand un fatal Oracle au jour de ta naissance,
M'apprit qu'un Etranger regneroit en ces lieux;
Si je ne t'imposois une éternelle absence,
L'amour pour mes deux fils emporta la balance,
On t'exposa selon l'ordre des Cieux,
Je te fis attacher ce Portrait de la Reine;
Elle a perdu le jour aussi-bien que mes fils,
Mais les Arrêts des Dieux sont enfin accomplis;
Regnez aprés moy, Teagene:
Des nœuds les plus charmans soyez tous deux unis;

On

On oublie aisément la plus cruelle peine,
Quand la gloire & l'amour en préparent le prix.

HIDASPES, CARICLE'E, TEAGENE.

On oublie aisément la plus cruelle peine,
Quand la gloire & l'amour en préparent le prix.

HIDASPES *à Arsace.*

Les Dieux ont par vos soins accompli leur promesse;
Je vous doy tout belle Princesse,
Vous avez fait venir Cariclée en ces lieux.

ARSACE.

Puisse le premier jour qui l'offrit à mes yeux,
Passer dans l'avenir pour un des plus funestes,
Qu'il soit un jour d'horreur, de tristesse & d'effroy:
Qu'a son retour, les vengeances Celestes,
Vous rendent tous plus malheureux que moy.

HIDASPES.

Qui peut d'un tel souhait rendre Arsace capable?

ARSACE.

Apprenez quels sont mes forfaits?
De la mort de Tisbé je suis seule coupable;
Je voulois qu'à mes yeux une mort effroyable
Fît perir ma Rivale, & vangeât mes attraits.

HIDASPES.

Qu'entens-je!

ARSACE.

Ciel injuste! assouvi ta colere:
Tu demande mon sang, je vais te satisfaire;
C'est servir trop long temps d'objet à ton courroux,

Ma

Ma mort va couronner toutes tes barbaries.

Elle se frape avec le Couteau sacré qu'elle prend sur l'Autel.

Dieux cruels triomphez, j'expire sous vos coups;
Ou plûtôt, de mon sort soyez encore jaloux:
Je vais au séjour des Furies,
Trouver des Déitez moins barbares que vous.

Elle tombe entre les bras d'une de ses suivantes, qui l'emporte.

CARICLÉE.

Elle meurt.

HIDASPES.

Quelle destinée!
Mais laissons cette Infortunée,
Le Ciel a puni sa fureur,
Et l'appareil pompeux d'un auguste Hymenée,
Doit nous faire oublier son crime & son malheur.

SCENE IV.

ET DERNIERE.

Tous les Acteurs de la Scene precedente, hors Arsace.

HIDASPES.

Que vôtre sort est doux! que vos ardeurs sont belles!
Vivez heureux, tendres Amants.
Que vos flâmes soient éternelles!
Que l'Hymen chaque jour rameine les momens
Où l'amour vint former vos chaînes mutuelles.
Que vôtre sort est doux! que vos ardeurs sont belles!

Vivez heureux, tendres Amants !

Le Chœur repete ces paroles, aprés lesquelles le Peuple marque sa joye par des Danses.

UN ETHIOPIEN.

L'amour veut qu'on luy rende les armes,
Rien ne peut échaper a ses charmes;
Bien souvent deux beaux yeux,
Ont regné sur les dieux.

Le grand chœur repete ces quatre vers.

L'ETHIOPIEN.

Les plaisirs sont faits pour la jeunesse,
Donnons nos plus beaux jours à de tendres ardeurs;
Si l'Amour étoit une foiblesse,
Un Dieu le pourroit il inspirer à nos cœurs?

CHOEUR.

L'amour veut qu'on luy rende les armes,
Rien ne peut échaper à ses charmes;
Bien souvent deux beaux yeux,
Ont regné sur les dieux.

L'ETHIOPIEN.

Malgré nous l'Amour vient nous surprendre,
Les plus superbes cœurs n'ont pu luy resister;
Est ce un crime si grand de nous rendre,
Au pouvoir d'un vainqueur qu'on ne sçauroit dompter?

CHOEUR.

L'amour veut qu'on luy rendre les armes,
Rien ne peut échaper a ses charmes;
Bien souvent deux beaux yeux,
Ont regné sur les dieux

Fin du Cinquiéme & Dernier Acte.

www.ingramcontent.com/pod-product-compliance
Ingram Content Group UK Ltd.
Pitfield, Milton Keynes, MK11 3LW, UK
UKHW020347220726
13923UKWH00004B/1578